KB015751

초판 1쇄 발행 2016년 5월 9일
초판 3쇄 발행 2017년 5월 1일

펴낸이 김준성 | **펴낸곳** 도서출판 키움
글 알음 | **그림** 박성일
기획 • 편집 강정현 | **디자인** 김진영, 김나정
마케팅 최근삼, 전만권, 강성연 | **관리** 임성일
주소 서울시 금천구 디지털로9길 32 갑을그레이트밸리 A동 405호
전화 02-887-3271,2 | **팩스** 02-851-3273
등록 2003.6.10(제18-144호) | **홈페이지** www.kwbook.com

ⓒ2016 도서출판 키움
이 책에 실린 모든 글과 그림을 저작권자의 허락 없이 무단으로
복제, 복사, 배포하는 것은 저작권자의 권리를 침해하는 것입니다.
※잘못된 상품은 구입하신 서점에서 교환하실 수 있습니다.

똑똑한 어린이 첫 동화

재치 가득 이야기

이솝우화

이솝우화를 꼭 읽어야 하는 이유!

1. 권선징악이 뚜렷해서 어린이에게
   올바른 인성과 가치관을 심어 줘요.

2. 여러 주인공의 이야기를 들으며,
   다른 사람의 마음을 이해하게 되요.

3. 재미있는 의성어·의태어가 수두룩!
   글 읽는 맛이 커져요.

4. 어린이의 상상력과 창의력이 자라나요.

5. 동화 속 이야기를 읽으며
   함께 생각하는 시간을 가질 수 있어요.

01. 얄미운 여우

어느 맑은 날, 개와 고양이가 길을 가다가
아주 먹음직스러운 고기를 발견했어요.
"**으르렁!** 내가 먹을 거야!"
"**야옹!** 내가 먹을 거야!"
개와 고양이는 서로 싸우기 시작했어요.

"친구들! 나한테 좋은 생각이 있어."
마침 지나가던 여우가 말했어요.
"어떻게? 어떻게?"
그러자 여우가 저울을 꺼내며 말했어요.
"내가 그 고기를 **똑같이** 나누어 줄게."
개와 고양이는 선뜻 고기를 내주었어요.

그런데 여우는 저울 양쪽에 고기를 달더니,
자꾸만 큰 쪽을 **뚝! 뚝!** 떼어 먹었어요.
"어? 이쪽 고기가 더 크네?"
"어, 이번엔 이쪽이 더 크네?"
그러자 고기는 어느새 콩알만 해졌어요.

"에이, 너무 작아서 못 나눠 먹겠다.

내가 다 먹어 버려야지."

여우는 남은 고기를 한입에 쏙 넣고 얼른

도망갔어요.

"사이좋게 나누어 먹을걸."

개와 고양이는 고기를 한 입도 먹지 못했

답니다.

동화 속이야기 ....

맛있는 먹이를 앞에 놓고 서로 많이 먹겠다고 욕심을 부
린 개와 고양이. 만약, 개와 고양이가 진작에 사이좋게 나
누어 먹었다면 이런 일은 없었겠지요?

02. 개와 닭

개와 닭이 여행을 하고 있었어요.
어둑한 밤이 되자,
개는 어느 나무 아래 구멍에서 자고,
닭은 나뭇가지에서 자기로 했어요.

개와 닭이 쿨쿨 자고 있을 때였어요.

욕심 많은 여우가 그 옆을 지나갔어요.

"오호라! 나무 위에 닭이 있잖아? 마침

배가 고팠는데! 살살 꾀어 잡아먹어야지."

엉큼한 여우는 침을 꿀꺽 삼켰어요.

"꼬꼬 닭아! 꼬꼬 닭아!
우리 집은 엄청 따뜻하고 맛있는 음식도 많아.
나랑 우리 집에 가서 놀지 않을래?"

하지만, 닭은 이미 여우의 속셈을
눈치채고 있었어요.
'흥, 내가 속을 줄 알고?'
"꼬꼬꼬꼬, 그렇다면 나무 아래에 있는
내 친구도 같이 가면 안 될까?"

'뭐? 나무 아래에 친구가 있다고?'
여우는 친구부터 잡아먹을 생각으로,
나무 밑동으로 **살금살금** 다가갔어요.

그런데 갑자기!

"으르렁! 멍멍!"

구멍 안에 있던 개가

여우의 코를 **콱**

물어 버린 거예요.

여우는 걸음아 나 살려라 하고

도망갔답니다.

 ....

 여우의 꼬임을 지혜롭게 대처한 닭의 이야기예요.
우리 친구들에게 이런 일이 생긴다면 어떻게 해야 할까요?
이 이야기를 읽고 자신의 생각을 이야기해 보세요.

03. 늙은 사자 왕과 여우

숲 속의 왕, 사자는 요즘 늘 동굴 안에
누워 있어요. 아무리 힘센 사자지만, 늙고 나니
밖에서 사냥하기가 너무 귀찮았거든요.

숲 속의 왕, 사자가 아프다는 소식을 듣고
여러 동물이 걱정하며 문병을 왔어요.
하지만, 사자는 문병 온 동물들을
아무도 모르게 동굴에서 잡아먹었지요.
"어흥~, 편하구나."

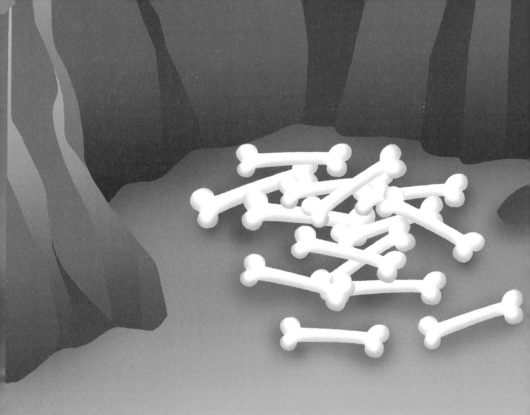

그렇게 며칠이 지났어요.

사자는 한 번도 문병 오지 않은 동물들을

기억해 냈어요.

'어라? 여우 녀석, 아직도 안 왔잖아?'

사자는 자기를 찾아온 생쥐를 살려 보내며

말했어요.

"**크헝!** 여우에게 병문안 오라고 전해라!"

이튿날,

여우가 사자에게 병문안을 왔어요.

하지만, 꾀바른 여우는 동굴로 들어가지

않았어요. 사자의 속셈을 이미 눈치채고

있었거든요.

"사자 왕이시여~ 많이 아프십니까?"

사자가 말했어요.

"가까이 오너라. 왜 멀리 있느냐?"

여우가 고개를 저으며 말했어요.
"왕이시여, 여기서 보니, 안으로 들어간
발자국은 많은데 나오는 발자국은
안 보입니다. 제가 들어갔다가 다시는
못 나오게 될까 봐, 여기서 인사만 하고
가겠습니다."
여우는 이렇게 말하고 얼른 돌아갔어요.
그 이후로 사자에게 병문안을 오는 동물은
아무도 없었답니다.

"호랑이에게 물려 가도 정신만 바짝 차리면 살 수 있다."
라는 우리 나라의 속담이 있어요. 어떤 상황에서도 지혜
로운 어린이가 되세요.

04. 사자 가죽

어느 날, 집으로 가던 당나귀가 길에서
사자 가죽을 발견하였어요.
"이걸 쓰면 무서운
사자처럼 보이겠지?"
당나귀는 사자 가죽을
훌렁 뒤집어썼어요.

"아이고~! 사자 왕이 아니십니까?"
그러자, 당나귀를 본 동물들이 넙죽
엎드려 절하고 먹을 것도 바쳤어요.
늘 놀림만 받던 당나귀는 꿈만
같았어요. 그래서 자기도 모르게
노래를 불렀어요.
"히히힝!~히힝~!"

이 소리를 들은 동물들이 모두 놀랐어요.

"어? 이건 당나귀 소리잖아!"

"벗겨 봐! 우리를 놀리다니!"

다른 친구들에게 거짓말이 들통난

당나귀는 된통 혼이 나고 말았답니다.

 동화 속 이야기

 가면 뒤에서 남을 속이고 왕 노릇을 한 것은 잘못한 일이에요. 하지만, 당나귀는 왜 사자 가면을 썼을까요?
겉만 보고 판단한 동물들에 대해서도 생각해 보세요.

05. 우물에 빠진 염소

여우 한 마리가 꼬리를 흔들며 여기저기
뛰어다녔어요. 여우는 우물에 비친 꼬리가
몹시도 흐뭇했어요.
"하하, 내 꼬리는 너무 멋지단 말씀!"

그러다 발이 미끄러져 우물에 **퐁당**

빠져 버리고 말았어요.

"도와주세요! 도와주세요!"

여우는 있는 힘껏 애를 썼지만,

우물에서 빠져나가기란 쉽지 않았어요.

그때, 더위에 지친 염소가 물을 마시러 와서
여우를 보았어요.
"여우야, 거기서 뭐 하니?"
"어? 아이고~ 시원하다! 목욕하고 있단다.
너도 거기 있는 박을 타고 내려와."

염소는 신이 나서 박에 올라탔어요.

그러자, 염소는 내려가고 여우는 올라왔어요.

"여우야, 여긴 너무 캄캄해. 올라길래!"

"바보 염소야, 너는 우물에 빠진 거야!

거기서 다른 애들이 올 때까지 푹 쉬렴."

여우는 깔깔대고 웃으며 사라졌답니다.

동화 속이야기 ....

속이는 여우보다 속는 염소의 어리석음을 꼬집은 이야기
예요. 남을 속여 자기 이익을 취하는 여우도 잘못했지만,
쉽게 속지 않는 지혜로움을 배워야겠지요?

우물에 빠진 염소 | 45

06. 개미와 베짱이

어느 무더운 여름날이에요.

개미들은 땀을 **뻘뻘** 흘리며 일했어요.

하지만, 베짱이는 **빈둥빈둥** 놀기만 했지요.

"찌르찌르 찌르르르르~~ ♪

찌르찌르 찌르르르르~~ ♪"

"이 더운 날, 너희는 뭐 하니?"
베짱이가 개미에게 물어보았어요.
"여엉차~ 여엉차~! 겨울 준비를 해야지!"

"와하하하, 한여름에 겨울을 준비하다니,
너희 바보 아니야?"
베짱이는 개미들을 비웃었어요.

어느덧 잎이 떨어지는 가을이 지나고,
겨울이 찾아왔어요.
개미는 여름 동안 부지런히 식량을 모아서
따뜻하게 겨울을 보낼 수 있었어요.

하지만, 여름 내내 놀기만 한 베짱이는
모아 둔 식량이 하나도 없었어요.
추위에 덜덜 떨면서 이곳저곳으로
식량을 얻으러 다녀야 했답니다.

동화 속 이야기 ....

유명한 영국의 작가, 셰익스피어는 "잠자는 거인보다 일
하는 난쟁이가 더 훌륭하다."라고 말했어요. 늘 열심히
앞일을 준비하며 사는 사람이 되어야 하겠지요?

07. 황소를 흉내 낸 개구리

아기 개구리들이 노는 연못에 황소가 와서
물을 먹고 갔어요. 아기 개구리들은
자기 집보다 큰 황소를 보고 깜짝 놀랐어요.
"우~와! 진짜 크다."

아기 개구리들은 엄마에게 달려갔어요.

"엄마, 엄마! 아주 커~다란 동물을 봤어요."

"태어나서 그렇게 큰 건 처음 봤어요!"

하지만, 엄마 개구리는 시큰둥했어요.

"흥! 커 봤자지! 얼마나 컸니? 이만~큼?"

엄마 개구리는 배를 부풀렸어요.

"아니요! 훨씬 더요! 더 컸어요. 더! 더!"
"이만~큼? 아니면 이만~큼?"
엄마 개구리는 있는 힘껏 배를 부풀렸어요.

펑!

누구보다 커 보이고 싶던 엄마 개구리는

너무 큰 욕심을 부린 나머지 그만

배가 터져 버리고 말았답니다.

동화 속이야기 ....

자기 자신과 경쟁하기보다 자기보다 훨씬 강한 상대와 경
쟁하려 했던 엄마 개구리! 엄마 개구리처럼 봉변당하지
않으려면 현명한 판단을 하는 것이 중요하겠죠?

08. 아버지와 아들

아버지와 아들이 당나귀를 팔려고 시장에
가는 길이었어요. 한 아주머니가 말했어요.
"아이고, 아들을 당나귀에 태워 가면
편하지 않겠어요?"

그 말이 옳다고 생각한 아버지는
아들을 당나귀에 태우고 계속 걸어갔어요.
그런데 이번엔 지나가던 할아버지가 말했어요.
"예끼! 어른이 타고 아이가 걸어야지!"

그래서 이번엔 **아버지가 타고**
아들이 걸었어요.

사람들 말에 따라 아버지가 걷기도 하고,
아들이 걷기도 했어요.
한참을 가려니까 또 어떤 청년이 말했어요.
"둘 다 타고 가면 더 빠르지 않겠습니까?"
아버지와 아들은 **둘 다** 당나귀에 탔어요.
강가에 이르러, 사람들이 말했어요.
"당나귀가 힘들겠군! 당나귀를 나무에
묶어서 어깨에 메고 가지 그러오?"

아버지와 아들은 또 사람들 말대로
당나귀를 나무에 매달았어요.
하지만, 당나귀가 발버둥 치는 바람에
모두 물에 **풍덩** 빠져 버리고 말았답니다.

"사공이 많으면 배가 산으로 간다." 여러 사람의 말을 귀 담아듣는 것도 좋지만 이 사람 저 사람의 말을 다 받아들이면 목표가 엉망이 될 수도 있답니다.

09. 욕심꾸러기 개

개가 길에서 커다란 고깃덩이를 주웠어요.
"멍멍! 얼른 집에 가져가서 먹어야지!"
신이 난 개는 고기를 물고 폴짝폴짝 다리를
건너갔어요.

그러다 무심코 아래를 내려다보니,
어머나! 물 속에도 어떤 개 한 마리가
고기를 물고 있는 거예요.
'앗! 내 고기보다 크잖아!'
개는 무서운 얼굴로 짖었어요.
"멍멍! 내놔! 멍멍! 내놔!"

그때, 물고 있던 고깃덩이가 **풍덩**
빠져 버리고 말았어요.
"멍멍! 아이고, 아까워! 내 고기~!"
고깃덩이는 멀리멀리 떠내려갔답니다.

동화속이야기 ·····································

욕심을 부린 개는 가지고 있던 고기마저 잃게 되었어요.
여러분은 다른 사람의 것을 탐내 본 적이 있나요? 혹시
남이 가지지 못한 내 것은 없는지 생각해 보세요.

10. 어리석은 싸움

귀여운 아기 사슴이 숲 속에서 뛰어놀고
있었어요. 그런데 수풀에서 커다란 곰이
슬그머니 나타났어요.

"**크허헝!** 내가 널 좀 먹어야겠다!"
아기 사슴은 깜짝 놀라 주저앉고 말았어요.

그때, 저쪽 수풀에서 사자가 나타났어요.
"**어흥!** 저리 가! 이 사슴은 내 먹이야!"

"뭐? 내가 먼저 봤어!"
"아냐! 내가 먼저 봤어!"
둘은 **옥신각신** 싸우기 시작했어요.
아기 사슴은 무서워서 울고만 있었어요.
멀리서 이 모습을 본 여우는 생각했어요.
'둘이 싸우다 지치면 내가 먹어야지!'

결국, 둘은 싸우다 지쳐 쓰러졌어요.

이때, 여우가 아기 사슴 앞에 나타났어요.

"사슴아, 길을 잃었니? 집에 데려다 줄게."

여우는 두 덩치 큰 동물이 일어나기 전에

얼른 아기 사슴을 꼬드겨 데려갔답니다.

동화 속 이야기 ·····················

자기 욕심만 채우려다 아무것도 얻지 못한 곰과 사자의
이야기, 잘 읽었나요? 다툼이 있는 곳에서는 얻을 것이
없는 법이랍니다.

11. 두 친구와 곰

사이좋은 두 친구가 산길을 걷고 있었어요.
이때, 커다란 곰이 나타났어요.

나무를 잘 타는 친구는 잽싸게
나무 위로 올라갔어요.
하지만, 다른 친구는 나무를 타지 못해서
땅바닥에 누워 죽은 척했지요.

곰이 누워 있는 친구에게 **어슬렁어슬렁**
다가왔어요.

'아이고, 내 친구는 이제 죽었구나!'
나무 위의 친구는 생각했어요.
그런데 곰이 친구의 귀에 속닥속닥 하더니,
그냥 가 버리는 거예요.

나무에 올라갔던 친구가 내려와 물었어요.

"하하, 아깐 미안했네. 너무 급해서…….

그런데 곰이 자네한테 뭐라고 하던가?"

그러자 친구가 옷을 툭툭 털며 말했어요.

"위험할 때 친구를 버리고 혼자 달아나는

사람하고는 사귀지 말라고 하더군!"

"어려울 때 친구가 진짜 친구다."라는 말이 있어요.
친한 친구가 있나요? 그 친구가 기쁠 때나 슬플 때,
늘 함께 있어 주는 진정한 친구가 되어 주세요.

12. 어리석은 양치기

어느 맑은 날, 양치기 소년이 언덕에서 양을
치고 있었어요. 그런데 언덕 저쪽에 늑대가
있는 것이 보였어요.
양치기 소년은 놀라서 양을 늑대가 있는
곳에서 멀리 떨어뜨려 놓았어요.

94

하지만, 늑대는 **멀뚱멀뚱** 보기만 했어요.
오히려 가까이 오려던 여우를 멀리 내쫓아
주었지요. 소년이 양을 가까이 데려갔는데도
얌전하게만 있었어요.

'저 늑대는 착한 늑대인가 보군.'
그러다 양치기 소년이 급한 일 때문에
마을에 다녀올 일이 생겼어요.
양치기 소년은 늑대에게 말했어요.
"늑대야, 너는 착하니까 내가 없는 동안에
양을 잘 돌봐 주렴."

소년은 양을 늑대에게 맡기고 마을로
내려갔답니다.

하지만, 소년이 가고 나서 늑대는 이때다
하고 양을 모두 잡아먹어 버렸어요.
양치기 소년이 돌아왔을 땐, 양은 모두 죽고
늑대는 멀리 도망간 후였답니다.

겉모습으로 섣불리 판단하여 늑대에게 속은 양치기 소년
의 이야기를 읽고 우리 어린이들은 선과 악을 분별하는
지혜를 길러야겠어요.

13. 두 마리 염소

흰 염소 한 마리가 좁은 통나무 다리를
건너고 있었어요.
"잘못하면 떨어지겠군! 빨리 건너야겠어."

그런데 다리 중간쯤 왔을 때,
반대쪽에서 오던 염소와
마주치게 되었어요.

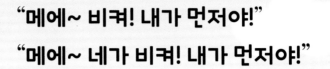

"메에~ 비켜! 내가 먼저야!"
"메에~ 네가 비켜! 내가 먼저야!"

두 염소는 싸우기 시작했어요.
서로 조금도 양보하지 않으려고
다리 위에서 옥신각신했지요.

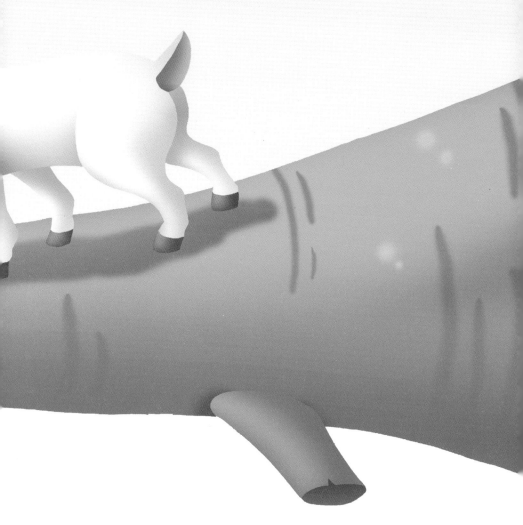

그러는 바람에 통나무 다리가 기우뚱해서
둘 다 물속에 **풍덩** 빠져 버렸답니다.

동화속이야기 ··

같은 장난감을 두고 친구나 동생과 싸운 적이 있나요?
"네가 먼저 가지고 놀아, 나는 조금 후에 가지고 놀게."
하며 좋은 말로 양보한다면 싸우는 일은 없을 거예요.

14. 눈 먼 사람
& 다리 다친 사람

절뚝절뚝
절뚝절뚝
다리가 불편한 사람이 언덕을 오르고
있었어요.

따다다 딱

따다다 딱

그 옆엔 앞을 볼 수 없는 사람이 지팡이로

땅을 짚으며 걷고 있었어요.

다리가 아픈 사람이 말했어요.
"당신은 다리가 튼튼해서 좋겠네요."
앞을 보지 못하는 사람이 말했어요.
"당신은 앞을 볼 수 있어 좋겠네요."

그러다 앞을 못 보는 사람이 말했어요.

"좋은 생각이 났어요. 내가 당신을

업을 테니, 당신이 길을 알려 주시겠어요?"

두 사람은 상대방의 눈과 발이 되어

무사히 언덕을 넘었답니다.

동화속이야기 ·····························

서로 부족한 부분을 채워 가며 산을 넘은 두 사람에게도
틀림없이 따뜻한 마음이 생겨났을 거예요. 도움이 필요한
친구들에게 따뜻한 사람이 되어 주세요.

15. 비둘기와 까마귀

"어머나! 예쁘기도 하지!"
사람들은 비둘기에게 맛있는 먹이를
나누어 주곤 한답니다.

까마귀는 늘 비둘기가 부러웠어요.

"나도 비둘기가 되어야지!"

까마귀는 살금살금 방앗간으로 가서,

밀가루 포대를 찾아 **푹** 하고 빠졌어요.

"이 정도면 감쪽같이 속겠지?"
하얀색이 된 까마귀는 비둘기 곁에 가서
아무렇지 않은 척 먹이를 먹었어요.

먹이를 먹은 까마귀는 신이 났어요. 그래서
저도 모르게 목청껏 노래를 불렀어요.
"까악~까~아악~깍깍!"

그러자, 비둘기들이 알아보고는 얼른
다른 곳으로 날아갔어요. 까마귀 친구들 역시
하얀 까마귀와 놀아 주지 않았답니다.

동화 속이야기 ....

먹이를 먹으려고 친구들을 속인 까마귀가 괘씸하네요.
자기가 노력하여 구하지 않고 얄팍한 수를 써서 쉽게 얻
으려 하면 가진 것마저 잃을 수 있답니다.

16. 생쥐와 사자

어느 따뜻한 봄날,
너무 심심했던 생쥐가 숲 속을 이리저리
뛰어다니며 놀았어요. 그러다 그만,
잠자는 사자의 꼬리를 밟고 말았어요.

“**어흥!** 누가 감히 내 잠을 깨워?”
사자는 단번에 생쥐를 잡았어요. 생쥐는
살려 달라고 싹싹 빌며 애원했어요.
“찍찍! 잘못했어요. 다시는 안 그럴게요.”
“흐음, 용서해 줄 테니 다음부턴 조심해!”
생쥐는 고개를 꾸벅 숙이며 말했어요.

“찍찍! 사자님, 이 은혜는 꼭 갚겠습니다.”

그러던 어느 날,

사냥꾼이 친 덫에 사자가 걸리고 말았어요.

"어흥! 누가 나 좀 구해 줘!"

하지만, 아무도 나타나지 않았어요.

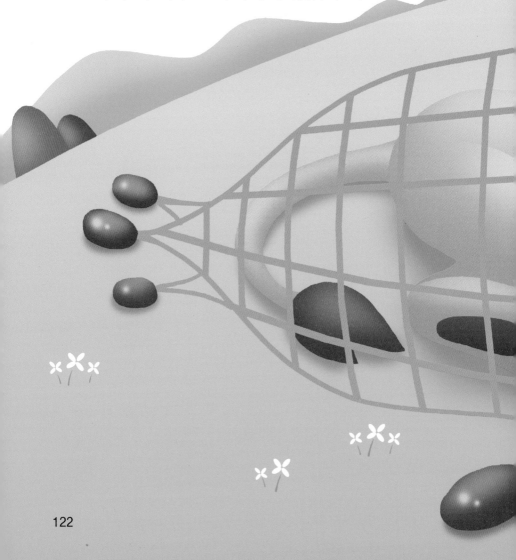

마침, 생쥐가 그 모습을 보았어요.

"사자님! 제가 구해 드릴게요!"

"너처럼 작은 생쥐가 뭘 할 수 있단 말이야?

난 이제 꼼짝없이 죽을 일만 남았구나!"

"저만 믿으세요! 찍찍찍!"
생쥐는 어디선가 친구들을 데려와
그물을 갉기 시작했어요.

서걱서걱 찍찍 갉작갉작 찍찍
서걱서걱 찍찍 갉작갉작 찍찍
그러자 그물이 금방 끊어졌어요. 그 뒤로,
둘은 가장 절친한 친구가 되었답니다.

동화 속이야기 ....

은혜를 잊지 않고 갚은 생쥐에게 사자는 깊은 우정을 느
꼈을 거예요. 우리 친구도 다른 사람에게 도움을 받으면
잊지 않고 돌려 주는 어린이가 되어 주세요.

생쥐와 사자 | 127

17. 외톨이가 된 박쥐

하늘에 있는 새 왕국과 땅에 있는 짐승 왕국
사이에 큰 싸움이 벌어졌어요.

박쥐는 어느 편에 있어야 유리한지 고민하다가
이기고 있는 짐승 왕국으로 갔어요.
"전 짐승이에요. 발이 네 개잖아요."
짐승들은 박쥐를 반갑게 맞아 주었어요.

얼마 후, 새가 더 잘 싸우기 시작했어요.
박쥐는 얼른 새 왕국으로 갔어요.
"전 새랍니다. 여기 날개가 있잖아요."
새들은 박쥐를 반갑게 맞아 주었어요.

짐승과 새들의 싸움은 막상막하였어요.

그때마다 박쥐는 이리 갔다가, 저리 가기를

계속 되풀이했어요.

하지만, 좀처럼 싸움이 끝나지 않아서,
두 왕국은 서로 화해하기로 했어요. 그러자
박쥐의 행동이 모두 들통나고 말았지요.
"우리 앞에 다시는 나타나지 마!"
그때부터 박쥐는 어두운 동굴에서 혼자
숨어 지내는 거랍니다.

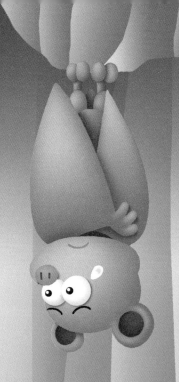

편을 갈라 서로 싸우는 건 옳지 않지만, 자기 좋은 쪽으로
만 옮겨 다니며 저만 생각하는 박쥐의 모습 또한 참 얄밉
죠? 우리 친구라면 어떻게 했을지 생각해 봐요.

18 . 늑대 대장의 법률

몸집이 크고 사나운 늑대 대장이,

하루는 새로운 법을 발표했어요.

"사냥한 먹이는 사이좋게 나누어 먹자."

"역시 대장님은 현명하세요."

늑대들은 모두 좋다고 손뼉을 쳤어요.

그때, 당나귀가 말했어요.
"대장님, 그럼 먼저 그 법을 지키세요.
어제 사냥한 먹이를 나누어 주세요."
늑대 대장은 얼굴이 빨개졌어요.
"대장! 먹이를 나누어 먹어요!"
"맞아요, 같이 먹어요."

늑대 대장은 큰 소리로 말했어요.

"이 법은 취소다! 원래 하던 대로 하자!"

"치사해! 자기가 말한 것도 못 지키다니!"

실망한 늑대들은 뿔뿔이 흩어졌답니다.

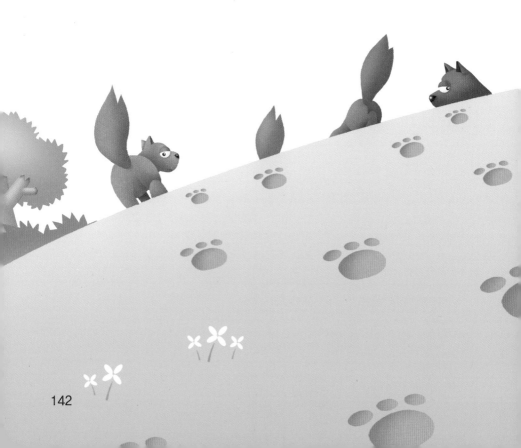

동화 속이야기 ·····························

'약속' 이라는 건 하기는 쉬워도 지키기는 무척 어려운
거예요. 한번 입에서 나온 약속은 무슨 일이 있어도 지키
는 습관을 갖도록 하세요.

19. 허영심 많은 까마귀

어느 날, 새들은 자기들 중에서 가장 아름다운
새를 왕으로 삼기로 했어요. 새들은 저마다
냇가에서 깃털을 손질했어요.

하지만, 까마귀는 자기 깃털이 마음에 들지
않았어요. 그래서 새들이 떨어뜨린 깃털을 모아
자기 몸에 구석구석 꽂았어요.
　'이 정도면 아무도 날 이길 수 없겠지?'

드디어 왕을 뽑는 날,

까마귀는 자신 있게 나타났어요.

새들은 아무도 까마귀를 알아보지 못했어요.

"와, **멋지다!** 저 새를 왕으로 삼자!"

신이 난 까마귀는 저도 모르게 날개를 활짝
펼쳤어요. 그러자 몸에서 깃털이 하나둘씩
떨어지고 말았어요.

"아니, 이건 내 깃털인데?"

"그러고 보니 이건 내 거잖아?"

"우릴 속이다니! 흥!"

뒤늦게 알아챈 새들은 저마다 자기 깃털을
뽑아 갔어요. 그리고 다시는 거짓말쟁이
까마귀를 상대하지 않았답니다.

동화 속이야기 ·····························

자기만의 이익을 위해 거짓말을 하는 것은 옳지 못한
행동이에요. 그런 사람은 어디에서나 환영받지
못한답니다.

20. 여우와 두루미

오늘은 여우가 맛있는 음식을 하는가 봐요.
여우네 집에서 고소한 냄새가 솔솔 풍기는
걸 보니 말이에요. 맛있게 요리하던 여우는
옆집 두루미를 곯려 주고 싶었어요.
"두루미야, 우리 집에 와서 점심 먹자."
여우는 두루미를 초대했어요.

두루미가 오자, 여우는 납작한 접시에
음식을 담아 내놓았어요. 하지만, 두루미는
부리가 뾰족해서 음식을 먹을 수 없었어요.
여우는 보란 듯이 **냠냠 쩝쩝** 먹었어요.
두루미는 약이 올랐어요.

156

얼마 후, 두루미도 여우를 초대했어요.
그리곤 목이 긴 병에 음식을 내놓았지요.
두루미는 얼마 전 여우가 한 것처럼 보란 듯이
냠냠 쩝쩝 먹었어요. 하지만, 여우는 음식을
먹을 수가 없었어요. 여우는 그제야 자기 잘못
을 뉘우치며 집으로 돌아갔답니다.

동화 속 이야기 ....

친구를 골려 준 대로 똑같이 당하고 말았네요. 친구에게
장난을 치기 전에, '내가 이런 장난을 받으면 어떨까?' 라
는 생각을 한 번쯤 가져 보는 건 어떨까요?

21. 욕심 많은 사자

배고픈 사자가 어슬렁거리고 있었어요.

그때, 자고 있는 토끼를 보았어요.

"어흥~ 저 토끼라도 먹어야겠구나."

그때, 몸집이 더 큰 사슴이 지나갔어요.

"사슴이 더 좋겠지?"

사자는 사슴을 쫓아갔어요. 하지만,

사슴이 너무 빨라 놓치고 말았어요.

사자는 토끼라도 잡으려고 다시 나무로
돌아왔어요. 하지만, 토끼는 이미 잠이 깨어
멀리 가고 난 후였어요.
결국, 사자는 아무것도 먹지 못했답니다.

 동화 속이야기 ‥‥‥‥‥‥‥‥‥‥‥‥‥‥‥‥‥‥‥‥‥‥

눈앞의 이익이 너무 작다고 그것을 얻지도 않은 채
다른 이익을 좇는 것은 매우 어리석은 행동이랍니다.

22. 멧돼지와 말

깔끔한 말과 지저분한 멧돼지가 함께 살고
있었어요. 말은 늘 멧돼지가 못마땅했어요.
멀쩡한 땅을 여기저기 파헤쳐 놓질 않나,
종종 맑은 샘물을 흙탕물로 만들어 놓기
일쑤였거든요.

참다못한 말이 사냥꾼에게 가서 말했어요.

"저 언덕에 사는 멧돼지를 잡아 주세요."

"그럼 네가 나를 도와줘야 한단다."

"얼마든지 도울게요!"

사냥꾼은 말에게 재갈을 물리고,
등에 올라타서 멧돼지를 잡으러 갔어요.
말은 어느 때보다도 빨리 달렸어요.
결국, 멧돼지는 금방 잡히고 말았지요.

하지만, 멧돼지는 말을 비웃으며 말했어요.
"나는 이렇게 잡히지만 너는 평생 사냥꾼의
말이 되겠구나."
그 후, 말은 사냥꾼이 놓아 주지 않아 정말
평생 사냥꾼을 태우고 다녀야 했답니다.

 바라는 것을 위해서 눈앞에 보이는 이익만 보고
더 앞일을 생각하지 못한다면 말처럼 큰 봉변을 당한다는
이야기랍니다.

23. 토끼와 거북

깡충깡충 빠른 토끼와 엉금엉금 느린
거북이 달리기 시합을 하기로 했어요.

"준비~**탕!**"

동물 친구들도 모두 모여 응원했어요.

"토끼, 이겨라!"

"거북, 이겨라!"

토끼는 **쌩~**하고 달려갔어요.

거북은 **엉금엉금** 기어갔어요.

결승점에 거의 다 온 토끼는 몇 걸음 남기고
나무 밑에서 쉬었어요.
"저 느림보가 오려면 멀었어. 한숨 자야지."

거북은 쉬지 않고 꾸준히 기어갔어요.

"꾸준히 걸어가면 내가 이길 수 있어."

거북이 열심히 걷고 또 걸어, 토끼를

지나치는 동안에도 토끼는 쿨쿨 잠만 잤어요.

"와아! 거북이 이겼다!"

거북이 결승점에 도착하자, 친구들은

환호했어요. 토끼는 화들짝 잠이 깼지요.

거북에게 진 토끼는 너무 부끄러워서

숨어 버리고 말았답니다.

동　속이야기

누구에게나 자기만의 보석이 있나 봐요. 토끼는 빠른 다리가 있고, 거북은 꾸준함과 성실함이 있는 것처럼 요. 우리 친구에게는 어떤 보석이 감춰져 있을까요?

24. 감기 걸린 여우

숲 속에 심술쟁이 사자 왕이 살고 있었어요.

사자 왕은 늘 숲 속을 어슬렁거리며

어디 심술부릴 데가 없는지 찾아다녔어요.

때마침 양이 지나가기에 사자가 물었어요.

"요즘 잇몸이 아프고, 입에서 냄새가 나는 것

같아. 네가 내 입 속 좀 봐 줄래?"

"킁킁, 이빨이 썩었나 봐요. 냄새가 나요."

"어흥! 예의 없기는!"

사자는 크게 화를 내며 양을 잡아먹었어요.

그때, 늘대가 지나갔어요.

"요즘 잇몸이 아프고, 입에서 냄새가

나는 것 같아서 그러니, 입 속 좀 봐 줄래?"

"킁킁, 아무 냄새도 안 납니다.

오히려 향기가 나는데요?"

"어흥! 간사하기는!"

사자는 크게 화내며 늘대를 잡아먹었어요.

저쪽에서 여우가 보이자 사자는 얼른
여우에게 갔어요.
"요즘 잇몸이 아프고, 입에서 냄새가
나는 것 같아서 그러니, 입 속 좀 봐 줄래?"
하지만, 여우는 이미 사자가 심술부릴 걸
알고는 손을 가로저으며 말했어요.
"저는 감기에 걸려서 냄새를 맡을 수가
없어요. 다른 동물에게 물어보세요."
그리고는 잽싸게 도망쳤답니다.

동 속이야기 ....

 괜한 심술을 부리는 사람 앞에서는 어떻게 해야 할까
요? 잘못을 가르치려는 것도 좋지만, 상황에 맞게 여우
처럼 피하는 것도 좋은 방법이랍니다.

25. 욕심쟁이 물고기

작은 호수에 물고기 나라가 있었어요.

그중엔 욕심쟁이 물고기도 살았어요.

다른 물고기들이 먹이를 먹으려고 하면

낼름 빼앗아 먹고는 도망가기 일쑤였지요.

남의 먹이까지 몽땅 빼앗아 먹는
욕심쟁이 물고기는 점점 몸집이 커졌어요.
심술도 더 고약해졌고 말이에요.
"누가 저 뚱뚱한 물고기 안 잡아가나?"
"저 욕심쟁이가 사라졌으면 좋겠어."
물고기들은 몹시 화가 났어요.

어느 날, 어부가 물고기를 잡으려고 그물을
내렸어요. 여느 물고기들은 금세 그물을
빠져나왔지요. 그런데 단 한 마리,
남의 먹이까지 먹어서 몸집이 커져 버린
욕심쟁이 물고기는 꼼짝없이 그물에
걸리고 말았답니다.

동화 속 이야기 ·····························

저런, 혼자만 많이 먹어서 그물에 걸리고 말았군요.
혼자만의 이익을 위해 욕심을 부리면 도리어 좋지 않은
결과를 가져올 수 있답니다.

26 . 개미와 비둘기

개미가 시냇가에 왔다가 물속에 **풍덩**
빠지고 말았어요.
"앗, 개미 살려! 도와주세요!"
그때, 비둘기가 파닥파닥 날아와
나뭇잎을 띄워 주었어요. 개미는 비둘기 덕에
목숨을 건질 수 있었어요.

며칠 뒤에, 어느 사냥꾼이 나무 위에 있는
비둘기를 쏘려 하는 걸 개미가 보았어요.
"앗, 비둘기가 위험해!"

개미는 살금살금 사냥꾼에게 다가가
발을 **꽉** 물었어요.
"앗, 따가워!"
사냥꾼이 몸을 움찔하는 바람에 총알은
빗나가고 말았어요. 개미 덕분에 비둘기는
멀리멀리 도망갈 수 있었답니다.

동화속이야기 ....

남에게 선(善)을 베풀면 그 대가를 바라지 말 것이며,
남에게 받은 선은 반드시 마음에 새겨 잊지 말아야 한다
는 사실, 기억하세요.

27. 당나귀의 꾀

어느 날, 소금 자루를 나르던 당나귀가
개울에서 **풍덩** 넘어지고 말았어요.
비틀거리며 일어난 당나귀는 깜짝 놀랐어요.

소금이 물에 녹아서 짐이 가벼워졌거든요.

"아하! 이렇게 하면 되는군!"

이튿날, 당나귀는 또 소금을 날랐어요.

"옳지, 이번에도 넘어져야지!"

당나귀는 일부러 개울에서 넘어졌어요.

당나귀 주인은 당나귀의 못된 꾀를
눈치챘어요. 그래서 이번엔 당나귀 몰래
솜을 실어 주었어요.

개울에 이르자, 당나귀는 또 넘어졌어요.
그런데 이게 웬일이에요? 솜이 물을 몽땅
빨아들여서 짐이 더 무거워진 거예요.
돌덩어리같이 무거워진 솜을 나르며
당나귀는 자기 행동을 몹시 후회했답니다.

동화속이야기 ·····

잔꾀를 부리는 사람에게는 결코 좋은 결과가 있을 수 없
답니다. 어떤 일이든 성실하게 해낸다면 언젠가는 좋은
결과가 나타나기 마련이지요.

28. 게와 얄미운 뱀

뱀이 집을 찾고 있었어요.

커다란 집게발 게도 집을 찾고 있었지요.

찾아도 찾아도 도저히 보이지 않자, 둘은

하나라도 찾아서 함께 살자고 약속했어요.

결국, 둘은 물기가 촉촉한 굴을 찾아
함께 살게 되었어요. 그런데 굴 하나에 둘이
있으려니 정말 불편했어요.

"꼬불꼬불 뱀아! 내가 갑갑해서 그러는데
몸을 조금만 움츠려 주겠니?"
"싫어! 난 하나도 갑갑하지 않은걸?"

게는 화가 나서 커다란 집게발로 뱀을 콱
꼬집었어요.
"네가 약속을 안 지켰으니까 나가!"
뱀은 너무 아파서 잽싸게 도망쳤답니다.

함께 사는 세상에서는 양보해야 할 것이 참 많아요.
서로 자기 이익만 챙기다 보면 다툼이 일어나기
쉽답니다.

29 . 해와 바람

어느 날, 바람이 해를 찾아왔어요.

"이 세상에서 나보다 강한 건 없어! 그런데 모두 해만 우러러보니 나와 내기를 하는 게 어때?"

때마침 한 나그네가 지나가고 있었어요.
"저 나그네의 외투를 빨리 벗기는 쪽이
이기는 걸로 하자!"
"좋아요, 그러지요."

바람이 먼저 나섰어요.

"후우우~! 후우우~!"

바람은 있는 힘껏 숨을 내쉬었어요.

그런데 웬걸요?

"아이, 추워!"
나그네는 옷이 벗겨질까 봐
외투를 더 꼭 움켜쥐었어요.

이번에는 해가 나섰어요.

해는 나그네에게 천천히 햇볕을 내리쬐어

주었어요.

"아이 더워!"

갑자기 더워진 날씨에 나그네는 외투를

벗어 버렸어요.

결국, 해가 이기고 말았답니다.

동화 속 이야기

자기 힘만 믿고 나그네의 옷을 벗기려 한 구름과 달리,
해는 따뜻한 빛으로 나그네 스스로 옷을 벗게 했어요.
부드러움은 늘 강함을 이긴답니다.

30. 모기들의 죽음

모기 떼는 쉴 새없이 윙윙거리며 동물들을
공격하기 일쑤였어요. 모기 떼가 나타나면
동물들은 도망치기 바빴지요.

"야! 우리 저 사자를 공격해 보자!"
"그래! 우리가 얼마나 무서운데!"
모기들은 윙윙대며 사자를 공격했어요.

"어이쿠, 따가워! 어흥~ 따가워~!"
동물의 왕 사자조차도
모기들에게 쫓겨 도망갔어요.
모기들은 의기양양해졌어요.
"우리가 제일 세다!"

"아무도 우리를 못 이겨!"
모기들은 신나게 날아다녔어요.
그러다 너무 마음 놓고 다닌 나머지
거미줄에 걸리고 말았어요.
"사자까지 이긴 우리인데! 고작
거미줄에 걸려 죽게 되다니!"

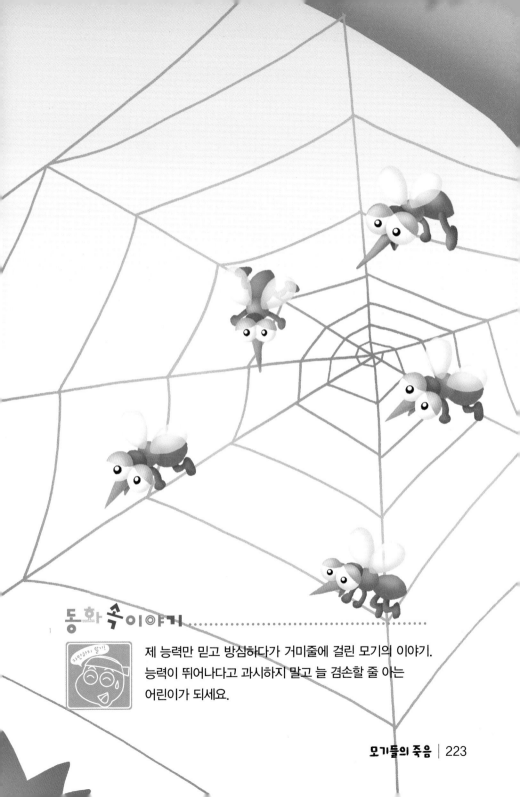

동화 속 이야기 ·····················

제 능력만 믿고 방심하다가 거미줄에 걸린 모기의 이야기.
능력이 뛰어나다고 과시하지 말고 늘 겸손할 줄 아는
어린이가 되세요.

모기들의 죽음 | 223

31. 형제의 싸움

언제나 만나기만 하면 치고받고 싸우기만
하던 형제가 있었어요. 아버지는 보다 못해
두 아들에게 회초리 한 묶음을 꺾어 오라고
시켰어요.

아버지는 회초리 하나를 꺾어 보라고
시켰어요. 회초리는 쉽게 꺾였어요.

"이번엔 여러 개를 한꺼번에 꺾어 보렴."
하지만, 아무리 애써도 회초리는 쉽게
꺾이지 않았어요.

"회초리 한 개는 누구라도 쉽게 부러뜨릴
수 있지만, 여러 개는 누구도 쉽게 부러뜨
릴수 없는 강함을 갖는단다. 너희도 힘을
합치면 혼자보다 훨씬 강해질 수 있단다."
그때부터 싸우기만 하던 형제는 사이좋은
형제가 되었답니다.

'백지장도 맞들면 낫다.' 라는 속담과 같이, 서로 힘을
합치고 지혜를 나눈다면 그보다 더 아름답고 현명한 일은
없겠지요?

32. 양치기 소년

양들을 돌보는 양치기 소년은 너무
심심했어요. 그래서 거짓말로 장난을
치기로 했어요. 소년은 큰소리로 외쳤어요.
"늑대다! 늑대가 나타났다!"

밭에서 일하던 사람들이 깜짝 놀라서
몽둥이를 들고 달려왔어요.
"어디냐? 어디야!"
양치기 소년은 배시시 웃으며 말했어요.
"헤헤! 장난이에요."
사람들은 속았다는 사실에 화를 내며
모두 돌아갔어요.

며칠 후, 소년은 또 소리치며 달려왔어요.

"늑대다! 늑대가 나타났다!"

이번에도 사람들이 달려왔지만,

늑대는 어디에도 없었어요.

"한 번만 더 장난쳤다간 된통 혼난다."

그런데 얼마 후, 진짜 늑대가
나타나고 말았어요.
양치기 소년은 소리쳤어요.
"늑대다! 늑대가 내 양을 모두 잡아먹어요.
이번에는 진짜 늑대라고요!"

하지만, 마을 사람들은 아무도 오지
않았어요. 소년이 또 속이는 줄 알았거든요.
결국, 양치기 소년의 양은 모두
늑대에게 잡아먹히고 말았답니다.

동화 속 이야기

거짓말을 자꾸 하다 보니, 진실을 얘기해도 사람들이
믿어 주지 않아요. 부모님이나 친구, 선생님 등 가까운 사
람들에게 늘 믿음을 주는 어린이가 되어야겠어요.

33. 아기 양과 늑대

복슬복슬 하얀 털 아기 양이
숲 속에서 늑대를 만나고 말았어요.
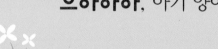 **"으하하하**, 아기 양아, 이리 오렴!"

그때, 아기 양에게 좋은 생각이 났어요.

"늑대 아저씨, 죽기 전에 신나게 춤을 추고

싶어요. 저를 잡아먹기 전에 피리 좀 불어

주지 않으시겠어요?"

"좋아, 내가 멋있게 불어 주지!"

늑대는 피리를 불기 시작했어요.

아기 양은 즐거운 척 춤을 췄지요.

그때, 양을 지키는 목동들이 피리 소리를
듣고 달려왔어요.
"야, 늑대다! 늑대 잡아라!"
늑대는 목동에게 잡히고 말았어요.
"엉엉, 내가 아기 양에게 속다니……."
아기 양은 서둘러 집으로 돌아갔답니다.

동화 속이야기 ....

스스로 자기 몸을 지킬 줄 아는 강한 사람이 되려면
힘 뿐 아니라 상황을 잘 판단할 수 있어야 해요.
여러분이 양이었다면 어떻게 했을지 생각해 보세요.

34 . 원숭이와 돌고래

원숭이가 주인과 함께 배를 타고 여행하고
있었어요. 그런데 갑자기,
폭풍우가 몰아쳐서 배가 뒤집히고 말았어요.

모두 바다에 빠져 허우적거렸어요.
그때, 사람들의 친한 친구인 돌고래 떼가
나타나 사람들을 등에 태워 주었어요.

거만한 원숭이도 돌고래의 등에 탔어요.

돌고래는 사람인 줄 알고 물었어요.

"당신은 아테네* 사람인가요?"

원숭이는 거만하게 말했어요.

"그래! 나는 아주 유명한 사람이네.

유명해도 아주 유명한 사람이라고!

조심히 날 육지로 데려다 놔!"

*아테네 : 유럽 남동부 그리스의 수도.

돌고래는 사람이 이렇게 거만한 것이 점점
이상하게 느껴졌어요.
"그럼 피레에프스*도 잘 아시겠네요?"

*피레에프스 : 그리스 아테네의 항구 도시.

원숭이가 말했어요.

"당연하지! 그는 나와 아주 친하네!"

돌고래는 그제야 뒤에 탄 사람이 거짓말하고

있다는 걸 알았어요. 그래서 뒤를 돌아보았는데

아니나다를까 원숭이였던 거예요.

"쳇~ 원숭이 주제에 거짓말까지 해?"

돌고래는 원숭이를 물에 퐁당 빠뜨려

버렸답니다.

동화 속이야기 ·····························

한 번의 거짓말을 하려면 일곱 가지 거짓말을 더 해야
한대요. 거짓말은 절대로 안전을 오래 지켜 주지
못한답니다.

35. 금도끼 은도끼

옛날에 가난하지만, 열심히 일하는 나무꾼이
숲에 나무를 하러 왔어요.
나무꾼은 도끼질을 하다 그만,
하나뿐인 도끼를 연못에 빠뜨렸어요.
"큰일이네, 어떻게 꺼내지?"

나무꾼은 어쩔 줄 몰라 엉엉 울었어요.

그때, 물이 소용돌이치더니,

헤르메스 신이 나타났어요.

"왜 울고 있느냐?"

"제가 그만 도끼를 연못에 빠뜨렸어요."

헤르메스 신은 금도끼를 내밀며 말했어요.

"이 도끼가 네 것이냐?"

"아니요. 제 도끼가 아니에요."

헤르메스 신은 은도끼를 내밀며 말했어요.

"그럼 이 도끼가 네 것이냐?"

"아니요. 제 도끼가 아니에요."

그러자 이번에는 쇠도끼를 내밀었어요.

"그럼 이 도끼가 네 것이냐?"

"네, 맞아요! 감사합니다."

"허허, 넌 참 욕심이 없는 자로구나!
이걸 모두 가져가거라."
헤르메스 신은 나무꾼의 진실에 감동해서
금도끼와 은도끼, 쇠도끼를 다 주었어요.

이 이야기를 욕심 많은 나무꾼이 듣고
연못으로 찾아갔어요. 그리고 도끼를
일부러 빠뜨리고는 엉엉 울었어요.
그러자, 헤르메스 신이 나타났어요.
신은 금도끼를 내밀며 말했어요.
"이 도끼가 네 도끼냐?"

그러자 나무꾼은 거짓말을 했어요.
"네 맞아요! 저는 은도끼도 빠뜨렸고,
쇠도끼도 빠뜨렸어요!"
헤르메스 신은 나무꾼이 거짓말하는 것을
알고는 도끼를 하나도 안 주고 그냥
가 버렸답니다.

동화 속 이야기 ·····························

정직한 나무꾼은 뜻하지 않은 선물을 받았는데, 욕심을
부린 나무꾼은 가진 것까지도 다 잃게 되었어요.
착하고 정직하게 살면 언젠가는 행복이 찾아온답니다.

36. 임금님을 얻은 개구리

개굴

개굴

개굴

굴

개굴

평화로운 연못에 개구리 마을이 있었어요.
"우리도 임금님이 있으면 좋겠다. 개굴."
"맞아, 맞아! 개굴개굴."
개구리들은 밤낮으로 신에게 빌었어요.
신은 시끄러워 견딜 수가 없었어요. 그래서
커다란 나무토막 한 개를 던져 주었어요.

개구리들은 임금님이 왔다며 좋아했어요.

하지만, 곧 움직이지 않는 나무토막 임금님에게

싫증이 났어요.

"더 훌륭한 임금님을 주세요. 개굴개굴."

"맞아요, 개굴개굴."

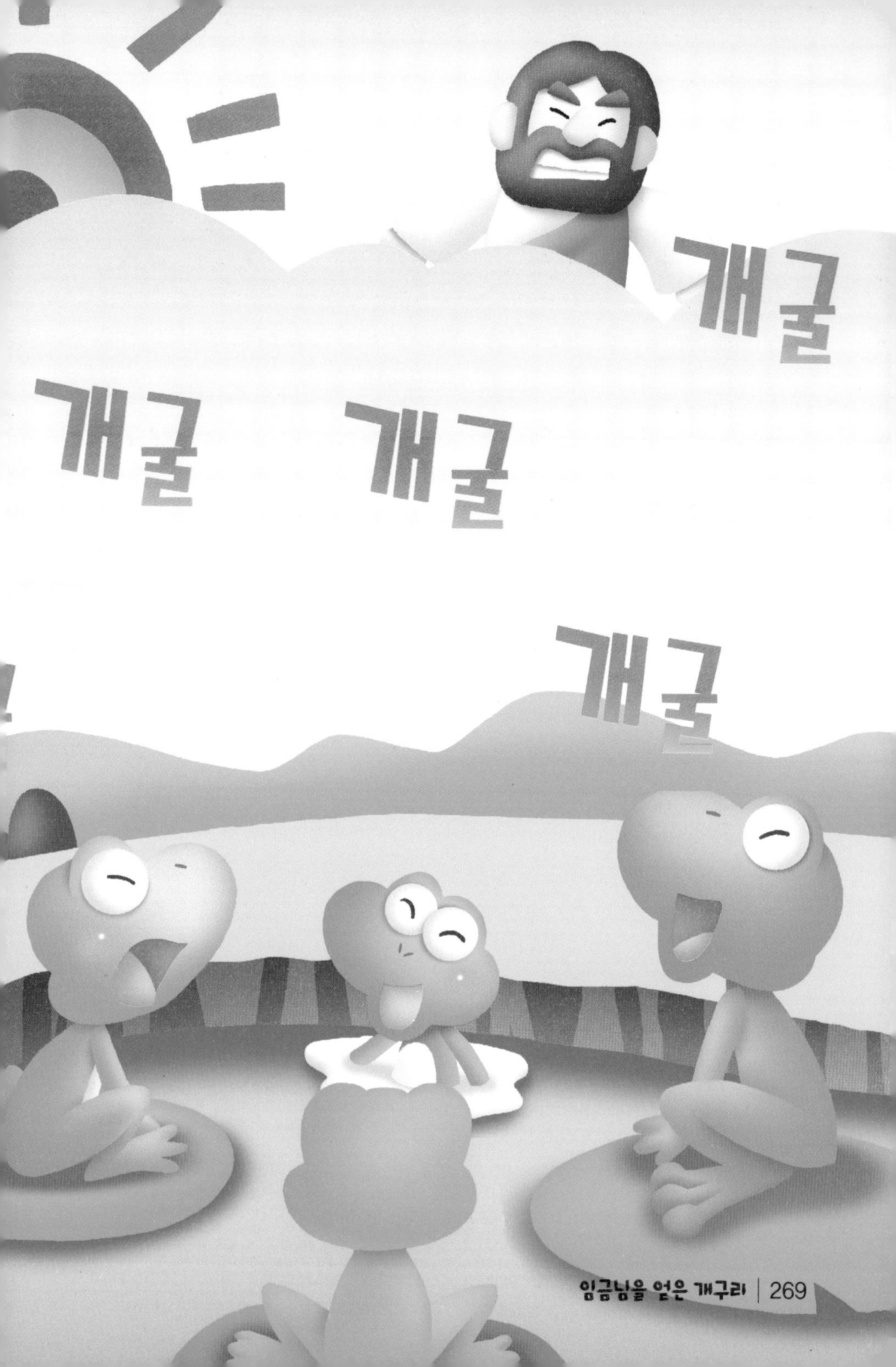
개굴
개굴
개굴
개굴

너무 시끄러워서 화가 난 신은 커다란 황새를
보내 주었어요. 개구리들은 힘센 황새를 보고
좋아서 다가갔지만, 황새가 입을 크게 벌려
개구리를 모두 잡아먹었답니다.

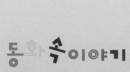

우리는 늘 지금 상황에 만족하지 못해서 욕심을 부리려고
해요. 평화롭게 잘 살던 개구리들도 괜한 욕심을 부린 탓
에 황새에게 잡아먹히고 만 거랍니다.

37. 농부와 사자

작은 마을에 몹시 예쁜 소녀가 있었어요.

소녀는 아버지와 농사를 지으며 살았어요.

그러던 어느 날,

사람들을 잡아먹으러 사자가 어슬렁어슬렁

마을로 내려왔어요. 그리고 예쁜 소녀를

보자, 사랑에 빠지고 말았지요.

"어흥! 저 소녀와 **결혼**해야겠다!"
사자는 농부네 집에 찾아와 말했어요.
"어흥! 당신 딸과 결혼하고 싶소."
농부는 깜짝 놀랐어요. 하지만, 섣불리
거절할 수도 없었어요. 거절했다가는
잡아먹힐지도 모를 일이었거든요.

소녀는 한 가지 꾀를 내었어요.

"전 그 뾰족한 발톱과 이빨이 무서워요."

사자는 발톱과 이빨을 모두 뽑아 버렸어요.

그리고 다시 농부네 집을 찾아갔지요.

"어흥! 자, 이제 나와 결혼해 주시오."

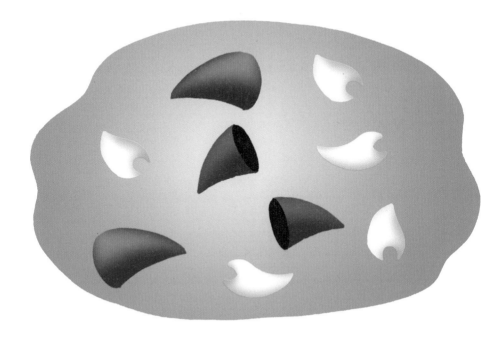

그때, 숨어 있던 농부가 나타나 사자를
마구 때렸어요.
"발톱도, 이빨도 없는 사자는 무섭지 않아!
어림없다, 이놈아!"
사자는 발톱과 이빨을 뽑아 버린 것을
후회하며 숲으로 도망쳤답니다.

 동화 속이야기 ....

 자기 몸을 지켜 주는 날카로운 이빨과 발톱을 소중히
여기지 않았던 어리석은 사자의 이야기예요. 늘 자기가
가진 것을 소중히 여길 줄 아는 지혜가 필요하답니다

38. 시골 쥐 도시 쥐

어느 날, 도시에 사는 쥐가 시골에 사는
친구의 집에 놀러 갔어요.
시골 쥐는 아껴 둔 고구마와 옥수수를
내어 주었어요.
"이런 걸 먹고 어떻게 사니?
나와 함께 도시로 올라가자."

시골 쥐는 도시 쥐를 따라 도시로 왔어요.

차도 많고 사람도 너무 많아서

시골 쥐는 정신이 하나도 없었어요.

배도 고프고 목도 말랐어요.

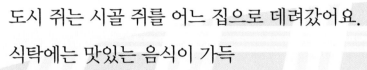

도시 쥐는 시골 쥐를 어느 집으로 데려갔어요.
식탁에는 맛있는 음식이 가득
차려져 있었어요.
"우와! 굉장하다."
"많이 먹어 두라고."

그때였어요.

갑자기 사람들이 들어온 거예요.

"요놈의 생쥐들!"

두 쥐는 헐레벌떡 도망쳤어요.

"그래도 맛있는 것 먹을 수 있으니 좋지?"
시골 쥐는 고개를 저으며 말했어요.
"시골에서 마음 편하게 사는 게 더 좋아."
시골 쥐는 시골로 내려가 다시 편안한
생활을 하며 살았답니다.

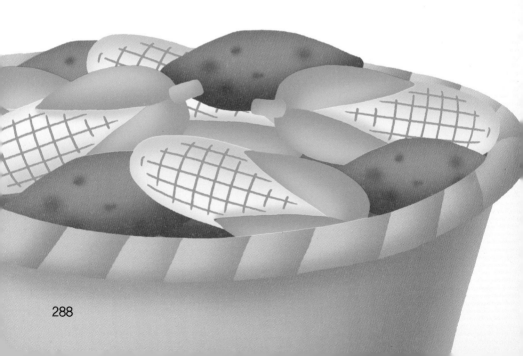

동화 속 이야기 ·······························

위험 속에서 호화로운 생활을 하는 것보다, 검소하지만
마음 편히 사는 게 더 낫다는 이솝의 이야기예요.
여러분은 어느 쪽이 더 나을 것 같아요?

39. 황금알을 낳는 거위

한 가난한 농부가 열심히 일한 돈을 모아
시장에서 커다란 거위 한 마리를 사 왔어요.
농부는 거위에게 맛있는 먹이를 주며
정성껏 키웠어요.

어느 날, 거위가 둥지에 알을 낳았어요.
그런데 이게 웬일이에요?
커다란 황금알이 나온 거예요.
"와! 황금알이잖아!"

농부는 몹시 기뻤어요.

거위는 매일매일 황금알을 쑥쑥 잘도

낳았어요.

거위의 황금알로 부자가 된 농부는
조금씩 욕심이 생기기 시작했어요.
"저 거위 뱃속에는 틀림없이 황금이 많이
있을 거야. 배를 갈라 봐야겠어!"

농부는 거위를 잡아 배를 갈라 보았어요.
하지만, 뱃속에는 아무것도 없었어요.
괜히 욕심부리다 소중한 거위를 잃은
농부는 자신의 행동을 크게 후회했답니다.

자기를 가난으로부터 구해 준 황금 거위의 고마움도 잊고
더 큰 욕심을 부린 어리석은 농부를 기억하며 우리는 늘
주어진 것에 감사할 줄 아는 사람이 되기로 해요!

40. 예쁜 아이 미운 아이

어느 마을에 의좋은 남매가 살고 있었어요.
오빠는 항상 여동생을 잘 챙겨 주었고,
여동생은 그런 오빠를 잘 믿고 따랐어요.

그러던 어느 날, 두 남매는 우연히 연못에 비친 얼굴을 보게 되었어요.

"우와! 이제 보니 난 굉장히 잘생겼는걸."

"에게! 난 왜 이렇게 못생겼지? 오빠가 잘생겨서 나도 예쁜 줄 알았는데……."

집에 거울이 없어서 몰랐던 얼굴 생김새를
알고 나서, 오빠는 무척 거만해졌어요.
동생은 매일 신경질만 냈고요.
아버지는 남매가 걱정되었어요.
오빠는 너무 거만하고, 여동생은 신경질쟁이가
되어 사람들이 피했거든요.

아버지는 남매를 불렀어요. 딸이 말했어요.
"왜 날 이렇게 못생기게 낳으신 거예요!
사람들도 그래서 절 피하는 거라고요!"
"넌 누구보다 예쁘고 착한 마음이 있잖니?"

"앞으로 오빠는 거만함 때문에 잘생긴
얼굴이 더러워지지 않도록 노력하고,
동생은 예쁜 마음을 잘 지켜서 그 마음이
더욱 빛나도록 노력하렴. 그러면 사람들이
너희를 사랑해 줄 거야."

오빠는 자기가 너무 거만해서 사람들과
멀어졌다는 걸 깨달았어요.
동생은 예쁜 얼굴보다는 예쁜 마음이 더
중요하다는 것을 깨달았지요.
남매는 예전처럼 착하고 명랑한 아이들이
되었답니다.

세상에는 변하는 것과 변하지 않는 것이 있어요. 변하는
것으로 진가를 판단하는 것은 참 어리석은 행동이에요.
외모보다는 따뜻한 마음이 더 소중한 거랍니다.

41. 고양이와 여우

어느 나른한 오후, 심심한 고양이가 숲에서
산책하다가 여우를 만났어요.
"안녕하세요, 여우님."
"어, 고양이로구나! 숲에는 웬일이니?"
"심심해서 산책 나왔어요."

"저런, 그러다가 사자를 만나면 어쩌려고?"
고양이는 **깜짝** 놀라 주변을 둘러봤어요.
여우는 고양이에게 물었어요.

"사자를 만났을 때 도망치는 방법을
몇 가지나 알고 있니?"
"한 가지요."
"뭐라고? 겨우 하나밖에 모른다고? 하하!"

고양이는 겁먹은 표정으로 물었어요.

"여우님은 몇 가지나 알고 계시는데요?"

"나는 기억할 수 없을 정도로 많지."

"저도 좀 알려 주세요. 저는 나무 위로
올라가는 것밖에 몰라요."

여우는 크게 비웃었어요.

"그건, 가장 어리석은 방법이란다. **하하.**"

여우가 얼마나 으스대며 약을 올리는지,

고양이는 잔뜩 움츠러들었어요.

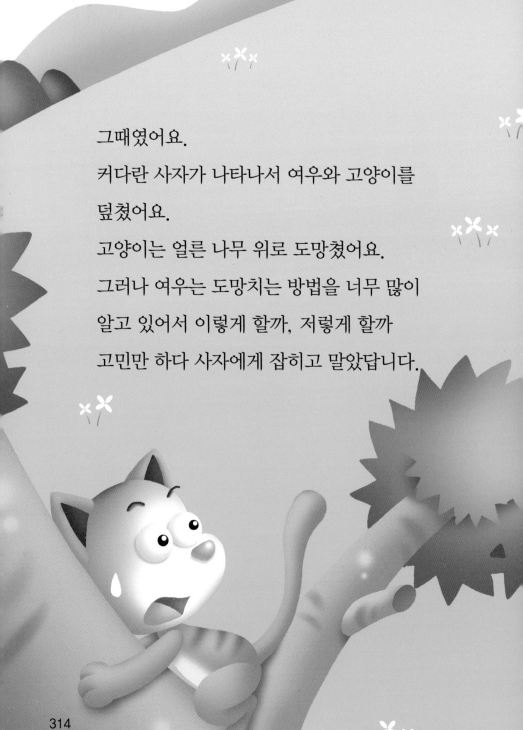

그때였어요.

커다란 사자가 나타나서 여우와 고양이를

덮쳤어요.

고양이는 얼른 나무 위로 도망쳤어요.

그러나 여우는 도망치는 방법을 너무 많이

알고 있어서 이렇게 할까, 저렇게 할까

고민만 하다 사자에게 잡히고 말았답니다.

동화 속이야기 ··

여러 가지를 조금씩 아는 것도 좋지만, 한 가지를 깊이 있게 알고 그것을 적절한 상황에서 활용하는 것도 아주 훌륭한 거랍니다.

이야기해 보아요!

1 가장 재미있었던 이야기는 무엇이었나요?
왜 재미있었는지 이야기해 보세요.

2 이솝우화 중에 가장 얄미웠던 동물은 누구인
가요? 왜 얄밉게 느꼈는지 이야기해 보세요.

3 이솝우화 중에 가장 어리석었던 동물은 누구
일까요? 어떤 부분이 가장 어리석었나요?

Tip 이야기를 다 읽고, 아이가 자신의 생각을 조리 있게 말하도록
지도해 주세요.